AF396316

BALTHAZARD,

OU

LE BON COMMISSIONNAIRE,

COMEDIE EN UN ACTE EN PROSE;

Par M. P.-H.-B. ARMAND.

Représentée, pour la première fois sur le théâtre du Marais, à Paris, le 5ᵐᵉ jour Complémentaire de l'an 11.

Prix : 24 sols.

A PARIS,

Chez HUGELET, Imprimeur, rue des Fossés-St.-Jacques, Nᵒ 4,
près la place de l'Estrapade, division de l'Observatoire.

AN XII. — 1804.

M. DORVILLE, Secrétaire général
d'un Ministère...................... *M. Beaupré.*

M. DURFER, Propriétaire........ *M Rosi.*

BALTHAZAR, Commissionnaire.. *M. Armand.*

M. PROTÊT, Huissier (caricature). *M. Meunier.*

Son CLERC....................... *M. Emmanuel.*

Mme MILLEVILLE, Veuve d'un
Officier général.................. *Mme Duménie.*

ROSALIE, sa fille................. *Mlle. Duménie.*

RECORS........................⎫
UN COMMISSIONNAIRE......⎭ Personnages muets

La scène est à Paris & se passe dans l'appartement de
Madame Milleville.

Permis le 1er Fructidor an 11, en vertu de l'autorisation du Ministre de l'intérieur. *Signé* FELIX NOGARET.

Vu l'approbation, permis d'afficher et repré enter, ce 5e jour complémentaire de l'an 11, le Conseiller d'État Préfet de Police.

Signé DUBOIS.

Je déclare avoir cédé à M. HUGELET, imprimeur, la pièce ayant pour titre : *Balthazard, ou le bon Commissionnaire,* comédie en un acte ; lui cédant pareillement les droits d'Auteur par chaque représentation que l'on pourra donner sur tous les théâtres de l'Empire français, Paris excepté.

Paris, ce 1er jour complémentaire de l'an 12.

Signé P.-H.-B. ARMAND.

Je déclare que je poursuivrai tous contrefacteurs et distributeurs d'éditions contrefaites qui ne porteraient pas le fleuron qui est au frontispice de la présente Pièce ; et qui indique les lettres initiales de mon nom.

J. A. Hugelet

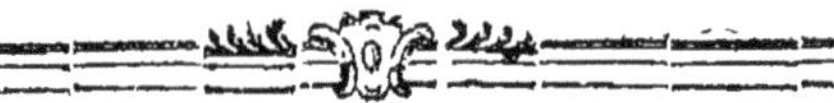

BALTHAZARD,
COMÉDIE.

Le Théâtre représente une chambre simplement meublée. Une table couverte d'un tapis et six fauteuils de velours d'Utrecht, quelques chaises, un métier à broder garnissent la chambre.

SCENE PREMIERE.
Mme MILLEVILLE, *seule.*

Au lever du rideau elle est occupée à broder.

LE soleil commence à peine sa carrière & Rosalie est déjà sortie. Pauvre enfant! combien tes soins me sont chers! ta tendre amitié me console & me donne la force de supporter mes souffrances. Dans l'âge où l'on ne songe qu'aux plaisirs, ma fille passe ses jours & souvent une partie des nuits à travailler afin de pourvoir à nos besoins.... Tombée dans l'infortune par la perte d'un époux chéri, j'ai sollicité du Gouvernement la pension qui m'est due pour les services qu'il a rendus à la Patrie. Mais hélas! comment réussir, lorsque l'on est sans protection! dénuée de toute ressource, j'ai contracté des dettes & je ne puis y faire honneur!...... Aucun parent, aucun ami à qui je puisse recourir : des amis! en connoit on dans le malheur? à la veille peut être de me voir poursuivie par d'avides créanciers. Ah! cette idée est affreuse & ne me laisse aucun repos. L'un d'eux surtout que je redoute le plus, c'est ce M. Durfer, mon propriétaire; il m'a plusieurs fois menacée de faire vendre mes meubles si je ne le satisfaisois promptement. Il est si intéressé, qu'il peut d'un instant à l'autre effectuer ces menaces; que devenir alors!... Rosalie ne revient pas.... Qu'il me tarde qu'elle soit de retour & d'apprendre le résultat de la visite qu'elle est allée rendre à son oncle; il est ma seule ressource pour sortir de l'embarras où je me trouve. Puissé-je n'être pas trompée dans mon espoir! ah! voici ma fille.

A

SCENE II.

Mme MILLEVILLE, ROSALIE.

ROSALIE, *un carton fous le bras qu'elle pose fur la table en entrant.*

Bon jour maman. (*elle l'embrasse.*) As-tu bien reposé cette nuit ?

Mme MILLEVILLE.

Assez bien, & toi ma chère amie ?

ROSALIE.

Ah maman ! puis-je goûter quelque repos, lorsque tu as des chagrins.

Mme MILLEVILLE.

Tu es sortie de bien bonne heure ce matin ?

ROSALIE.

Tu sais bien, maman, qu'il fallait que j'allasse reporter l'ouvrage que j'ai terminé hier soir. Madame Dumont en a été satisfaite, elle me l'a payé sur-le-champ en m'en donnant d'autres, puis elle m'a recommandée à deux dames de sa connoissance qui étoient chez elle & qui m'ont engagée d'aller les voir.

Mme MILLEVILLE.

As tu passé chez ton oncle ?

ROSALIE.

Oui, maman, je lui ai remis ta lettre?

Mme MILLEVILLE.

Eh bien ?

ROSALIE.

Eh bien, maman, cette démarche est vaine.

Mme MILLEVILLE.

Je n'en suis pas surprise.

ROSALIE.

A peine a-t-il eu jetté les yeux sur ta lettre, qu'il a pris un air dur. Sortez d'ici mademoiselle, a-t-il dit, je n'ai rien à faire pour vous, ni pour votre mère.

Mme MILLEVILLE.

Ciel !

ROSALIE.

J'ai voulu insister. Je lui ai peint notre situation; mais rien n'a pu toucher son cœur Il m'a répété avec dureté l'ordre de sortir & de ne jamais me présenter devant lui.

Mme MILLEVILLE.

Il n'est donc plus d'espérance.

ROSALIE.

Pour comble de maux, j'ai rencontré M. Durfer. Il doit passer ici dans la matinée, & il espère, m'a-t-il dit, qu'avant peu il sera payé Je lui ai observé qu'aujourd'hui tu ne pouvois le satisfaire, mais il m'a répondu qu'il étoit tranquille & que ses sûretés étoient prises.

Mme MILLEVILLE.

Que veut-il dire ? seroit-il possible qu'il se portat à quelques extrémités.

ROSALIE.

Je l'ignore : mais il avoit un air joyeux en disant cela.

Mme MILLEVILLE.

Je crois l'entendre. Justement le voici ; retire-toi ma bonne amie & me laisse seule avec lui.

Rosalie regarde tendrement sa mère et sort.

SCENE III.

Mme MILLEVILLE, DURFER.

DURFER, *d'un ton brusque.*

Bon jour, Madame, bon jour.

Mme MILLEVILLÉ.

Je vous salue, M. Durfer : vous venez sans doute voir si je puis vous donner la somme dont je vous suis redevable.

DURFER.

Oui, madame, je viens tout exprès.

Mme MILLEVILLE.

Hélas! mon cher monsieur, je suis toujours dans l'impossibilité de vous satisfaire ; mais daignez prendre encore patience, & croyez......

DURFER.

Ah bien oui prendre patience! je n'en ai que trop pris jusqu'à présent. Je suis las d'attendre. Il me faut de l'argent, ou vous trouverez bon que je fasse mettre à exécution la sentence que j'ai obtenue contre vous.

Mme MILLEVILLE.

Dieux! seriez-vous assez inhumain!

DURFER.

Oh ma foi! j'ai besoin de mon argent, moi; on me poursuit aussi, & je ne puis payer qu'autant que mes fonds me rentrent.

Mme MILLEVILLE.

M. Durfer, au nom de l'humanité! daignez m'accorder encore quelque délai, dans quelques jours peut être serai-je en état de m'acquitter.

DURFER, *durement.*

Tout comme à présent. D'ailleurs il n'est plus tems. Mon huissier est chargé de la sentence. S'il veut vous en accorder, c'est son affaire, car pour moi je ne puis rien.

Mme MILLEVILLE.

Monsieur Durfer, ne soyez pas insensible au malheur qui nous accable en ce moment. Je compte sur les bontés u gouvernement. D'un instant à l'autre je puis obtenir la pension que je réclame; alors.....

DURFER.

Voilà qui est bel & bon : mais tout cela ne me donne pas d'argent, & cependant il m'en faut.

Mme MILLEVILLE.

Vous savez bien, monsieur, que tant que j'ai pu acquitter mes loyers, je l'ai fait exactement.

DURFER.

Oui madame c'est vrai : & c'est là la raison qui m'a engagé à patienter jusqu'à présent. Mais ma foi au bout d'un an, on peut bien je crois prendre ses précautions pour avoir son dû. Je suis même étonné d'avoir été si bon. Ce n'est pourtant pas mon défaut.

Mme MILLEVILLE.

Vous en repentez-vous, M. Durfer?

DURFER.

Non, madame non : mais je ne veux plus l'être. C'est une duperie. On ne fait pas les affaires en agissant ainsi. D'ailleurs l'argent est si rare aujourd'hui & coûte tant à gagner, que ceux qui ne se font pas payer sur le champ, sont des fous.

Mme MILLEVILLE.

Je plains ceux qui ont affaire aux personnes qui pensent ainsi.

DURFER, *brusquement.*

Oh sans doute ! Il faudroit même loger les gens pour rien, se charger des réparations & payer encore pour eux les contributions.

Mme MILLEVILLE.

Que vous êtes brusque !.

DURFER.

Je suis comme cela. Mais finissons ; pouvez vous me payer?

Mme MILLEVILLE.

Je vous ai déjà dit que dans ce moment cela m'étoit impossible.

DURFER.

Adieu madame. Vous aurez bientôt de mes nouvelles.

Mme MILLEVILLE, *l'arrêtant.*

Arrêtez M. Durfer, je vous en supplie, daignez suspendre...

DURFER, *durement.*

Impossible madame, impossible. Le jugement est rendu, c'est à vous d'en arrêter l'effet. Je vais trouver mon huissier. Serviteur.   (*il sort.*)

SCENE IV.

Mme MILLEVILLE *seule.*

Juste ciel ! quel parti prendre, & comment sortir de ce cruel embarras.

SCENE V.

Mme MILLEVILLE, ROSALIE.
Mme MILLEVILLE.

Ah ! ma fille !

(8)

ROSALIE.

Eh bien, maman ! as-tu obtenu quelque chose de ce M. Durfer ?

Mme MILLEVILLE.

Il est inflexible & rien n'a pu le toucher. Ce méchant homme a contre-moi sentence & dans peu, l'on viendra saisir ici.

ROSALIE.

Saisir ?

Mme MILLEVILLE.

Oui chère enfant. Il-n'est venu que pour m'annoncer cette affreuse nouvelle.

ROSALIE.

Comment parer un tel malheur ?

Mme MILLEVILLE.

Hélas ! je ne sais. Il ne nous reste aucune ressource.

ROSALIE.

Chère maman, si tu allois voir M. Dorville. Peut-être cet honnête homme pourroit-il t'obliger. On en dit beaucoup de bien. Il étoit autrefois l'ami de mon père, notre malheur l'interressera sans-doute.

Mme MILLEVILLE.

Je veux suivre ton conseil. Oui, je vais le voir, & l'engager à hâter la décision du ministre. Ne viens-tu pas avec moi ?

ROSALIE.

J'irai si tu l'exiges. Mais je crois qu'il vaut mieux que je reste pour m'occuper à l'ouvrage que m'a donné madame Dumont.

Mme MILLEVILLE.

Chère enfant. Tu ne songes qu'à travailler !

ROSALIE.

Ah ! que n'en puis-je faire davantage & te voir plus fortunée.

Mme MILLEVILLE.

Aimable fille ! combien tu m'es chère. Adieu, je vais voir Dorville & reviens bientôt. (*elle embrasse sa fille & sort.*)

SCENE VI.

SCENE VI.

ROSALIE, *seule, prenant de l'ouvrage et travaillant.*

Pauvre maman. Ta Rosalie éprouve bien des chagrins de te voir si malheureuse. Ah! que ne peut elle changer ton sort. Tes vœux seroient bientôt satisfaits. Mais que veut cet homme? ah! c'est Balthazard.

SCENE VII.

ROSALIE, BALTHAZARD.

BALTHAZARD.

Ben l'bon jour mamzelle Rosalie; comment se porte vot' digne mère? est-ce qu'all' est sortie?

ROSALIE.

Elle se porte assez bien. Elle est dehors pour affaire, elle ne tardera pas à rentrer; auriez-vous quelque chose à lui dire?

BALTHAZARD.

Non mamzelle. J'vehons pour à celle fin de vous remettre une lettre de la part de qué qu'un qui vous veut du bien, à ce qu'il dit au moins.

ROSALIE.

Une lettre, à moi?

BALTHAZARD.

Oui mamzelle, à vous-même.

ROSALIE.

Donnez.

BALTHAZARD.

La voici.

ROSALIE.

Lorsque ma mère sera rentrée, je la lui remettrai.

BALTHAZARD.

Mais mamzelle, c'te lettre est pour vous.

ROSALIE.

Je le sais. Mais comme je n'ai rien de caché pour ma mère; je ne l'ouvrirai qu'en sa présence.   B

BALTHAZARD.

Cependant la personne qui m'a chargé de vous l'apporter, attend une réponse.

ROSALIE.

Quelle est cette personne ?

BALTHAZARD.

Dam ! c'est M. Durfer.

ROSALIE.

Durfer !

BALTHAZARD.

Lui-même.

ROSALIE.

Que peut-il me vouloir ?

BALTHAZARD.

Je l'ignore. Tout ce que j'savons c'est qu'il m'a dit qu'il prenoit beaucoup d'intérêt à vous.

ROSALIE.

Lui ? (*à part.*) Le fourbe !

BALTHAZARD.

Oui manzelle. Mais j'vous prions de lire la lettre & de me faire une réponse ; car le tems m'presse. Voici l'heure où je dois me rendre chez M. Protêt, l'huissier, qui m'a fait demander pour l'accompagner dans une saisie qu'il doit faire dans la journée.

ROSASIE, *à part.*

Ciel ! seroit-ce nous dont il s'agit ? (*haut.*) Savez-vous, Balthazard, le nom des infortunés.....

BALTHAZARD.

Ma foi non, mamzelle. Je ne les connoissons pas. J'accompagne comme ça M. Protêt, & je sers à descendre les meubles & effets ; enfin, tout ce que M. Protêt ordonne d'enlever. Mais pardon, mamzelle ; je m'amuse à jaser au lieu d'aller rendre réponse à M. Durfer. Ma foi le voici lui même ; il s'est lassé d'attendre. Adieu mamzelle.

SCENE VIII.

M. DURFER, ROSALIE.

DURFER.

Enfin, belle Rosalie, je vous trouve seule, & je puis vous parler librement.

ROSALIE.

Que me voulez-vous monsieur ? n'est-ce donc pas assez des chagrins que vous nous causés, sans venir encore les augmenter par votre présence ?

DURFER.

Daignez vous calmer. (*Il prend un siège & vient s'asseoir pres d'elle.*) Vous a-t-on remis ma lettre ?

ROSALIE.

Oui, monsieur.

DURFER.

Vous l'avez lue ?

ROSALIE.

Non, monsieur, je ne la lirai qu'après ma mère.

DURFER, *à part.*

Diable ! cela ne m'arrangeroit pas (*haut.*) Ecoutez-moi, Rosalie ; depuis long-temps, vous m'avez inspiré un vif intérêt.

ROSALIE, *avec ironie.*

Vous le faites assez voir aujourd'hui, & les poursuites qu vous exercez contre ma mère en sont une preuve.

DURFER.

Il ne tient qu'à vous, charmante Rosalie, de les arrêter, &...

ROSALIE, *vivement.*

Ah parlez ; si cela est en mon pouvoir je ne demande pas mieux. Il me seroit si doux d'éviter à ma mère tout ce qui peut augmenter ses peines.

DURFER, *à part.*

Bon ! je crois que je pourrai réussir. (*haut.*) Daignez m'écouter sans m'interrompre. J'ai toujours admiré le courage avec lequel vous supportiez vos malheurs Les soins que vous rendez à votre mère, le travail assidu auquel vous vous livrez dès l'aurore ont vivement pénétré mon ame, & j'ai été vraiment touché en voyant que le sort étoit aussi injuste à votre égard. J'ai donc résolu de réparer ses torts & faire votre bonheur, voici comment. Car il faut m'expliquer (*il se rapproche d'elle.*) Je vous adore, Rosalie, & j'ai le dessein de vous faire sortir de la misère où vous êtes plongée. (*D'un ton mystérieux.*) Si vous voulez avoir pour moi quelques complaisances, soyez assurée que rien ne vous manquera; je pourvoirai à tout. Linge, habits, bijoux, argent, vous seront prodigués; en un mot, je prendrai soin de votre entretien. Je viendrai secrétement le soir.....

ROSALIE *se levant & l'interrompant avec indignation.*

Arrêtez, homme sans mœurs & sans honneur. Osez-vous bien par un semblable discours insulter à notre infortune. Sortez d'ici dans l'instant.

DURFER.

Ouais! c'est ainsi que l'on répond à mes offres? tant pis ; l'amour que j'ai conçu pour vous m'avoit suggéré ce dessein, & je croyais que vous eusssiez préféré l'opulence à la misère.

ROSALIE.

Je méprise la richesse quand il faut l'acheter au dépend de la vertu.

DURFER.

Bah! bah ! simagrées que tout cela; je n'en suis pas la dupe.

ROSALIE.

Homme méprisable & sans principes, tu ne peux croire à des sentimens vertueux.

DURFER.

Allons, allons, appaisez-vous, méchante, & songez que c'est pour votre bien que je vous fais cette proposition.

ROSALIE.

Elle m'indigne.

DURFER.

Mais pensez donc......

ROSALIE, *indignée.*

Finissez & sortez.

DURFER.

Ce courroux vous sied à merveille, il anime vos traits &
vous rend encore plus intéressante; pour l'appaiser il faut que
je vous embrasse.

ROSALIE *s'éloignant.*

Si vous avez cette audace je vais remplir la maison de mes
cris.

DURFER, *allant à elle.*

Laissez donc, laissez donc. Vous faites l'enfant. (*Il prend
Rosalie par le bras, se met en devoir de l'embrasser, mais
elle s'échappe en criant.*)

ROSALIE.

Au secours! au secours!

DURFER. (*à part.*)

Peste soit de la bégueule.

SCENE IX.

Les mêmes; Mme MILLEVILLE

ROSALIE *voyant entrer sa mère se jette dans ses bras.*
Maman...........

Mme MILLEVILLE.

Qu'as-tu donc ? pourquoi ces cris?

ROSALIE, *troublée.*

Chère maman!... Ce monstre....

Mme MILLEVILLE, *voyant Durfer.*

Ciel! que vois-je!

DURFER, *à part.*

Sortons sans attendre l'explication. (*en sortant.*) Petite
mijaurée, tu verras bientôt ce que c'est de rejetter les offres
d'un homme de ma sorte. (*il sort.*)

SCENE X.

Mme MILLEVILLE, ROSALIE.

Mme MILLEVILLE.

Apprends-moi donc le motif du trouble où je te vois?

ROSALIE.

Hélas ! si tu savois......

Mme MILLEVILLE.

Explique toi.

ROSALIE *remettant à sa mère la lettre de Durfer.*

Tiens, maman, lis cette lettre; elle t'instruira sans doute de l'infâme conduite de Durfer.

Mme MILLEVILLE, *prend la lettre & lit.*

Quelle horreur! voilà donc la cause de son brusque départ à mon arrivée. : il n'auroit pu soutenir mes reproches.

ROSALIE.

Nous avons tout à craindre de cet homme pervers.

Mme MILLEVILLE.

Rassure toi, ma chère amie, avant peu nous serons en état de nous acquitter envers lui & d'abandonner ces lieux; M. Dorville que je quitte, m'a donné les plus grandes espérances. Le Ministre, m'a-t-il dit, a paru sensible à nos peines, & cet ami espère que bientôt il viendra m'annoncer un heureux succès de ses soins.

ROSALIE.

L'espoir renait dans mon cœur.

Mme MILLEVILLE.

Mais quel bruit entends-je ? On parle haut sur l'escalier.

SCENE XI.

Les mêmes; M. PROTÊT; son CLERC; BALTHAZARD & Records.

Mme MILLEVILLE, *les voyant entrer.*

Ah dieux !

M. PROTÊT, *bégayant un peu.*

N'est-ce point ici la demeure de madame Milleville?

Mme MILLEVILLE, *tremblante.*

Oui, monsieur, c'est moi-même. Que desirez-vous ?

M. PROTÊT.

Une petite bagatelle. (*à ses records.*) Tenez-vous à

cette porte & empêchez qu'aucun effet ne puisse sortir d'ici.
(*à Mme Milleville.*) « En vertu d'un jugement obtenu par
» Jean - Roch Durfer, propriétaire d'une maison sise rue
» d'Argenteuil; & dont moi Gilles - Nicodême Prorêt,
» huissier patenté, suis porteur; duquel jugement je vous
» baille copie; je viens saisir & faire enlèvement des meu-
» bles, effets, &c., pour garantie d'une somme de deux
» cents cinquante francs dûe audit Jean - Roch Durfer par
» la dame veuve Milleville, pour le montant d'une année
» de loyer d'un logement qu'elle occupe dans la susdite
» maison, si mieux n'aime ladite dame Milleville payer &
» acquitter sur-le-champ la susdite somme de deux cents
» cinquante francs ».

Mme MILLEVILLE.

Quoi, monsieur, vous venez pour.......

M. PROTÊT.

Oui, madame, je viens, en vertu des ordres que voici,
saisir & faire vendre vos meubles.

ROSALIE.

Quelle horreur !

Mme MILLEVILLE.

Daignez m'entendre, monsieur. Vous serez peut - être
plus humain que celui qui vous envoye, & s'il dépend de
vous de m'accorder quelques jours de délai...........

M. PROTÊT.

Pas possible, madame, pas possible; diable! M. Durfer
me l'a bien défendu.

Mme MILLEVILLE.

M. Durfer ?-il m'a pourtant dit ce matin qu'il ne tenoit
qu'à vous........

M. PROTÊT.

Il sait bien le contraire. Mais écoutez; je suis compa-
tissant, moi, & quand je le peux, sans blesser mon ministère, je traite les gens le plus doucement que je le puis.

Mme MILLEVILLE.

Ah ! vous me rendez la vie.

M. PROTÊT.

Je veux bien vous donner pour délai, le temps que je

vais employer à dresser mon inventaire. Profitez-en pour voir vos amis & trouver la somme en question.

ROSALIE, *ironiquement.*

Cela est bien généreux de votre part.

Mme MILLEVILLE.

Des amis ! hélas, je n'en connois pas.

BALTHAZARD, *à part dans le fond.*

C'te brave dame ! son sort me fait compassion.

M. PROTÊT.

J'en suis fâché : car j'avois du plaisir à vous obliger.... N'avez-vous que cette chambre ?

Mme MILLEVILLE.

Non, monsieur, en voici encore deux qui font partie de mon appartement.

M. PROTÊT.

Je vais commencer par elles mon inventaire. Voulez-vous bien m'en remettre les clefs.

Mme MILLEVILLE.

Elles sont aux portes.

M. PROTÊT, *à ses records.*

Venez, vous autres. (*à Balthazard.*) Toi, reste ici.

Mme MILLEVILLE.

Rosalie, accompagne ces messieurs.

M. PROTÊT.

C'est inutile, madame, ce sont d'honnêtes gens, dont je réponds comme de moi-même.

(*il entre dans l'appartement avec ses records.*)

SCENE XII.

Mme MILLEVILLE, ROSALIE, BALTHAZARD

dans le fond.

Mme MILLEVILLE *s'asseyant.*

Ce coup affreux m'accable !.... (*parlant de Durfer.*) Homme méchant, que t'avons-nous fait pour agir avec tant de rigueur ?

ROSALIE.

ROSALIE.

Calme ta douleur, maman. Nous perdons tout, il est
vrai, mais Rosalie te reste.

Mme MILLEVILLE.

Hélas! que feras-tu?

BALTHAZARD, *à part.*

Je ne pouvons y tenir. (*à Mme Milleville.*) Consolez-
vous, ma brave dame. Vous n'avez pas d'amis, dites-vous?
eh ben, morgué j'vous en ons trouvé, moi. M. Durfer est
un méchant; mais il ne jouira pas long-temps de vos peines.
Attendez moi, j'reviens tout à l'heure. (*il va pour sortir.*)

Mme MILLEVILLE.

Eh que prétendez-vous?

BALTHAZARD *revenant.*

Mettre une définition à vot' chagrin, & vous faire sortir
d'embarras.

ROSALIE.

Mais comment?

BALTHAZARD.

C'est mon secret, M. Protêt est là dedans qui fabrique
ses écritures, pendant ce temps là, j'vas faire une course
jusques chez nous; je serons bentôt revenu.

Mme MILLEVILLE.

Mais, dites-moi donc........

BALTHAZARD.

N'vous mettez pas en peine, vous le saurez tantôt. Du
courage; morgué, du courage! Tout n'est pas perdu. Je
vole & reviens de même. Vous, mamzelle, ayez ben soin
de vot' maman. (*il sort.*)

SCENE XIII.

Mme MILLEVILLE, ROSALIE.

Mme MILLEVILLE.

Devines-tu, Rosalie, l'intention de ce Commissionnaire?

ROSALIE,

Non, maman.

SCÈNE XIV.

Les mêmes; M. PROTÊT; son CLERC; & ses Records.

M. PROTÊT.

A celle-ci, maintenant. (*à son Clerc.*) Mettez-vous à cette table, & écrivez : « Troisième pièce en sortant : six fauteuils de velours d'Utrecht vert, dont un cassé par un pied.

LE CLERC *écrivant & répétant les derniers mots.*

Cassé par un pied.

Mme MILLEVILLE.

Pénible situation !

ROSALIE.

Tranquillise-toi, maman, je t'en supplie.

M. PROTÊT.

» Plus, une table de bois noirci, en bon état, couverte d'un tapis rouge.

LE CLERC, *de même.*

Couverte d'un tapis rouge.

SCÈNE XV.

Les mêmes; DURFER, *entrant furtivement.*

DURFER, *en entrant.*

Ah bon! l'affaire est en bon train.

ROSALIE, *l'appercevant.*

Ah dieux!

Mme MILLEVILLE.

Qu'as-tu donc? (*l'appercevant aussi*) Vous ici, monsieur?

DURFER.

Moi-même. Pourquoi non?

Mme MILLEVILLE.

Osez-vous bien vous présenter devant nous?

M. PROTÊT, *à Durfer.*

Vous voyez, monsieur, que l'on ne perd pas de temps : l'inventaire est bientôt fini, & dans un instant je vais procéder à l'enlèvement.

DURFER.

Dépêchez, M. Protêt, dépêchez; ces gens là ne méritent aucun ménagement.

Mme MILLEVILLE.

Homme cruel & vindicatif! quel motif as-tu pour nous
accabler de la sorte? — Réponds-moi; dis, quelle raison
avais-tu pour outrager má fille par d'infâmes propositions?
as tu cru que notre infortune l'obligeroit de les accepter?

DURFER.

Votre fille est une petite sotte, qui ne sent pas le bien
qu'on lui veut. Avec ses principes & les vôtres, vous n'mourrez
de faim toutes les deux.

SCENE XVI.

Les mêmes, BALTHAZARD, *accourant.*

BALTHAZARD, *en entrant.*

Ils sont encore ici, tant mieux!

M. PROTÊT.

Allons, Balthazard, tu vas nous aider, mon garçon. As-tu
tes crochets?

BALTHAZARD.

Il n'est pas besoin de crochets..... C'est une quittance
qu'il faut à madame.

M. PROTET & DURFER, *étonnés.*

Une quittance?

BALTHAZARD.

Oui, une quittance, car v'là vot' argent que j'vous apportons.

Mme MILLEVILLE, *courant à lui.*

Digne homme!

ROSALIE, *de même.*

Que de reconnoissance.......

BALTHAZARD, *se débarrassant.*

Laissez donc, laissez donc; g'n'i a pas de quoi.

DURFER, *à part.*

Au diable le Commissionnaire: il renverse mes projets.

BALTHAZARD, *à M. Protet.*

M'entendez-vous, M. Protêt, c'est une quittance.

M. PROTÊT.

Vous allez donc payer?

BALTHAZARD.

Oui.

M. PROTÊT.

Si M. Durfer, accepte......

BALTHAZARD.

Ah ben ! vaudroit mieux qui n'acceptit pas. Est-ce qu'il
en a le droit ? & pisqu'il veut de l'argent, en v'là, qu'li
faut-il de plus ?

M. PROTÊT.

Au nom de qui fera-t-on la quittance ?

BALTHAZARD.

Belle demande ! au nom de madame ; c'est elle qui paie.

DURFER *à lui-même mais assez haut pour être entendu.*

Oui, avec l'argent d'un autre.

BALTHAZARD, *à Durfer.*

Ça n'est pas vrai. J'devions c'té somme à son mari, &
j'm'acquittons. (*bas à Mme Milleville.*) C'est pour l'i fermer
le bec.   Mme **MILLEVILLE,** *bas.*

Mais, vous priver de cette somme............

BALTHAZARD.

Ça m'me dérange pas du tout ; d'ailleurs, pouvons-je en faire
un plus bel emploi. (*à Protet.*) Eh ben, c'te quittance ?

M. PROTÊT, *la remettant à Mme Milleville.*

La voilà. Puisque tout est arrangé, je n'ai plus qu'à me
retirer. J'ai l'honneur de vous saluer. (*à ses records.*) Allons,
vous autres.   **BALTHAZARD.**

Vot' serviteur, M. Protêt. (*à Durfer qui est resté.*)
Eh ben, quoi que vous faites donc ici, à présent ? vous n'y
avez pus que faire. Allons, décampez.

DURFER, *embarrassé.*

C'est que......

BALTHAZARD.

C'est que... C'est qu'il faut sortir tout de suite, ou ben
j'vas vous reconduire, moi.

DURFER, *sortant précipitamment.*

Ne dérangez personne. (*il sort.*)

<hr>

SCENE XVII.

Mme MILLEVILLE, BALTHAZARD, ROSALIE.

BALTHAZARD.

A la fin, nous en v'là débarrassés.

Mme MILLEVILLE *avec sentiment.*
Homme généreux, comment ai-je pu mériter ce bienfait?

BALTHAZARD.

Bah! vous me faites rire avec votre bienfait? C'est tout naturel, & vous en auriez fait autant à ma place.

ROSALIE.

Que je l'aime ce bon Balthazard!

BALTHAZARD.

Ben obligé, mamzelle.

Mme MILLEVILLE.

Souffrez, au moins, que je vous fasse un billet........

BALTHAZARD.

Quoi que vous dites donc? est-ce que j'en ons besoin? Vous me rendrez ça quand vous le pourrez. J'n'attendons pas après. C't'argent là m'vient d'mes épargnes : j'voulions l'placer, & ma foi j'n'aurions pas trouvé une meilleure occasion. Ah ça, j'm'en va retourner à mon poste. Si vous avez besoin d'moi, ne vous faites pas faute : vous savez qu'on me trouve tous les jours au coin de la rue des Frondeurs... Vot' serviteur.

Mme MILLEVILLE.

Je ne puis vous exprimer tout ce que mon cœur ressent, & je regrette le temps que je vous ai fait perdre.

BALTHAZARD.

Vous vous moquez, j'crois. Je ne le regarde pas comme perdu, moi, & je voudrions pouvoir l'employer toujours comme ça.

Mme MILLEVILLE.

Cœur sensible & vertueux! tous les hommes ne vous ressemblent pas.

BALTHAZARD.

Tant pis pour eux.

ROSALIE.

Comptez sur notre reconnaissance.....

Mme MILLEVILLE.

Cette action généreuse restera gravée dans nos cœurs.

BALTHAZARD.

C'est bon, c'est bon.
(*Il va pour sortir & rencontre M. Derville qui entre.*)

SCENE XVIII et dernière.

Les mêmes M. DORVILLE.

DORVILLE *à Balthazard.*

C'est ici chez madame Milleville ?

BALTHAZARD.

Oui Monsieur, la voici.

DORVILLE *allant à elle.*

Madame je vous salue. Je viens vous apporter de bonnes nouvelles.

BALTHAZARD (*à part.*)

De bonnes nouvelles ! écoutons.

DORVILLE.

Mais, que vois-je ? d'où viennent ces pleurs que je vous vois répandre ?

ROSALIE.

Ah ! Monsieur, si vous en saviez le sujet.....

DORVILLE.

Eh quoi ! au moment de jouir d'un sort plus heureux, éprouveriez vous de nouveaux chagrins ?

ROSALIE.

Hélas ! Monsieur, les huissiers sortent d'ici, et sans cet homme généreux (*elle montre Balthazard.*) tout étoit enlevé.

DORVILLE.

Grands dieux ! que m'apprenez-vous ? Combien je regrette de n'être pas venu plutôt. (*à Mme Milleville*) Mais pourquoi m'avoir fait mystère de l'affreuse position où vous étiez réduite.

Mme MILLEVILLE.

Ah ! Monsieur.....

DORVILLE.

Je vous en veux beaucoup.

BALTHAZARD (*à part.*)

Je n'en suis pas fâché, moi, j'n'aurions pas eu le plaisir de lui être utile.

(23)

DORVILLE *montrant Balthazard*

C'est cet honnête homme, dites-vous, qui vous tiré de
peine ?

ROSALIE.

Oui, Monsieur; en payant généreusement pour maman
la somme qu'elle devoit,

DORVILLE *à Balthazard.*

Ce trait, mon ami, ne me surprend pas de votre part.
Les gens de votre profession y sont accoutumés. Dites-moi
votre nom, que je goûte le plaisir de connaître un homme
aussi vertueux

ROSALIE.

Il s'appelle Balthazard.

BALTHAZARD.

Commissionnaire de mon métier et honnête homme de
profession.

DORVILLE.

Balthazard, cette action vous honnore aux yeux de l'humanité, elle ne doit pas rester sans récompense; c'est en la
publiant que je veux inspirer aux hommes le desir de faire
le bien. (*à Mme Milleville.*) Mais revenons à l'objet qui m'a-
mène vers vous. Le Ministre, sur le récit que je lui ai fait de
vos malheurs, vous accorde une pension de deux mille francs;
il ajoute en outre à ce bienfait, une somme de douze cens
francs que le caissier-général est chargé de vous compter. [*il
lui remet des papiers.*] En voici l'assurance.

BALTHAZARD.

V'là ce qui s'appelle un bon Ministre.

Mme MILLEVILLE.

Quoi, monsieur, seroit-il possible que je fusse assez fortunée?

DORVILLE.

Oui, madame, & j'ai voulu moi-même jouir du plaisir
de vous annoncer cet évènement.

BALTHAZARD *tendant la main à M. Dorville.*

Touchez là, monsieur; vous êtes un brave homme.

Mme MILLEVILLE.

Que ne dois-je point à vos soins généreux!

DORVILLE.

Vous ne me devez rien. C'est une justice qui vous étoit